दर्पण अभी काँच ही था

दर्पण अभी काँच ही था

तेजी ग्रोवर

वाणी प्रकाशन

वाणी प्रकाशन

4695, 21-ए, दरियागंज, नयी दिल्ली 110 002

फ़ोन : +91 11 23273167 फ़ैक्स : +91 11 23275710

शाखाएँ

अशोक राजपथ, पटना 800 004, बिहार

कॉफ़ी हाउस कैम्पस, महात्मा गांधी मार्ग, इलाहाबाद 211 001, उत्तर प्रदेश

महात्मा गांधी अन्तरराष्ट्रीय हिन्दी विश्वविद्यालय, वर्धा 442 001, महाराष्ट्र

www.vaniprakashan.in
marketing@vaniprakashan.in
sales@vaniprakashan.in

DARPAN ABHI KAANCH HI THA
by Teji Grover

ISBN : 978-93-88684-48-4
Collection of Poems

प्रथम संस्करण 2019

मूल्य : ₹ 225

सिटी प्रेस, दिल्ली-110 095 में मुद्रित

वाणी प्रकाशन का लोगो मक़बूल फ़िदा हुसेन की कूची से

बिटिया-सखियों :

दवंगरा

मत्स्या

सुखमनी

सिमरन

मीनाक्षी

पारुल

और

अदिति के लिए

अनुक्रम

जाली के पार से देखते हुए :
रामू गाँधी के लिए

जून 2007 में मैं स्वीडन की यात्रा पर थी। रामू गाँधी के बारे में उस दौरान मुझे किसी ने नहीं बताया था। अभी एक ही माह हुआ था यात्रा से पहले मुझे उनसे मिले, और उस दोपहर उन्होंने मुझसे बहुत-सी बातें की थीं। दिल्ली वापसी पर ठीक उस वक़्त जब मैंने अरुण माहेश्वरी को बताया कि नॉर्वे में महाभारत पर आयोजित हो रहे एक सेमिनार में रामू को वे लोग बुलाना चाहते हैं, अरुण बोले, ''रामू तो गये।''

बाद में उदयन ने मुझे बताया कि वे अपने जन्मदिन के बाद परिवार के कहने पर इण्डिया इण्टरनैशनल सेण्टर में कुछ दिन रुके थे क्योंकि उनकी अपनी बरसाती में बेहद गर्मी थी और उन्हें शायद लू लग गयी थी। इण्डिया इण्टरनैशनल सेण्टर में वे रात में अचानक अस्वस्थ हो गये, शायद उन्हें दिल का दौरा पड़ा था, लेकिन वे अपने कमरे का दरवाज़ा नहीं खोल पाये। उनके दायें हाथ की तर्जनी नीली पड़ गयी थी। सुरेश शर्मा यह बताते हुए एकदम द्रवित हो उठे थे कि जिस रिकवरी वैन में उन्हें पोस्टमार्टम के लिए ले जाया गया, उसमें टायर बिखरे पड़े थे।

उसी साल अप्रैल में निर्मल वर्मा के जन्मदिन पर जो व्याख्यान आयोजित किया गया था, रामू को 'कव्वे और काला पानी' पर बोलना था, और अच्छा-ख़ासा लम्बा व्याख्यान था उनका। काफ़ी वक़्त तो वे इस अटकल पर एकाग्र रहे कि हो न हो बिस्तर-बन्द या होल्डाल आज के समय में किसी देवता का वाहन है।

मुझे यूँ ही नहीं लगा होगा कि जिस रात रामू अपने कमरे का दरवाज़ा खोलते-खोलते रह गये होंगे, वही रात थी जब स्टॉकहोम में अग्निएता प्लेयेल के घर से रात दो-ढाई बजे निकलते हुए मैं उनकी लिफ़्ट में फँस गयी थी। बच निकलने की कोई उम्मीद नहीं थी...

1

उसी दिन, रामू
भरी सड़क के बीचों-बीच
दो गिरगिट प्रेम कर रहे थे

वध्य हो चला था पृथ्वी का हर कण

हम भी कोई दवा
या किताब ढूँढते हुए
डर रहे थे अन्त से

उसी दिन, रामू
तुमसे खुल नहीं पाया था द्वार

शुभ्र तुम्हारी वाणी का तेज़
पूरे जीवन का अर्जित निष्कलुष आत्मतत्त्व
भीतर ही तड़प रहा था सदेह

उसी दिन
कुछ अपथ्य खा रही थी
मेरी गली में घूमती हुई गाय

2

तुमने किताब भी लिखी, रामू
तो छोड़ दिया उसे

इसी तरह एक-एक कर तुम्हारे कमरे की हर चीज़

किसी पुल पर खड़े
तुम कैसे किसी फ़िल्म की तरह
हमें दिखाते थे जीवन के चलते हुए कण
और कुछ विचित्र से अर्थों से भरते हुए
एकदम .खाली कर देते थे

वह कौआ
जो तुमसे शादी करना चाहता था,
तुमसे या फिर किसी स्वीडी कवि से?

और उस कमरे की वह छत, रामू
जहाँ तड़प रहा होता था
तुम्हारी आत्मा का तत्त्व
जब तुम चीज़ों से विदा माँगते थे

फिर एक दिन
दो-एक दिन के लिए
तुमने अपनी लिखी हुई एक किताब
मुझसे माँगी थी

3

किसी ने—
शायद तुम्हारे भाई ने—
एक दिन
तुम्हारे तकिये के नीचे
कुछ पैसा छोड़ दिया था
तुम्हारे इलाज के लिए

कैसे तुम हाथ में पैसा लिए
गली में उसके पीछे भागे थे

कैसे तुम
आसमान को देखा करते थे
ख़ाली हाथों को बाँधे

और वे पेट-भरी बिल्लियाँ
जो तुम्हारे पाँव में बैठी रहती थीं

4

तुम मेरी उस कविता पर बात कर रहे थे
जिसमें एक स्वप्न के आईने में
बाबू की शक्ल
मेरे भाई जैसी थी

तुमने कहा था
"जब कोई प्रेम टूटता है
वह तुम्हारा भाई ही होता है,
तुम याद करो–
आईने में वह चेहरा
तुम्हारे भाई जैसा था
या तुम्हारा भाई था?"

5

तुम बताते थे
लीला जब छोटी थी
एक दिन
तुम्हारे मित्रों से कहा उसने—

आपको शर्म नहीं आती
बाहर बारिश हो रही है
और आप बियर पी रहे हैं—

निर्मल अपनी बरसाती हँसी हँस दिये
और उनकी कवि मित्र
लाल फूलों की चाय ले आयी थी

बेहोशी में एक दिन निर्मल ने पूछा था,
"एम आय डाइंग?"

और कोई रख आया था उनके सिरहाने
तुम्हारे गुरु का वह मुस्कराता हुआ चित्र
जो भेज दिया था तुमने
अन्तिम क्षणों से पहले

6

लिखना
एक रक्त-प्लावित पंक्ति को—
जैसा कि मुझे लगता था,
उन कुछ क्षणों में जब मुझे प्रेम था तुमसे
और तुम्हें मुझसे—
उस क्षण के पार जाने की राह थी
जो हम सह नहीं पाते थे, रामू

फिर तुम दिखा देते थे
कि किस तरह
किसी किताब तक को अलग कर देना होता है ख़ुद से
कैसे किसी रंग और राग के पार
धीरे से बैठ जाया करते हैं आसमान के भरोसे
और कैसे साफ़ हो जाता है मन!

और कैसे एक दिन
मेले में घूमते हुए
गरम-गरम चाय लेकर
अपने बाबा की मूर्ति के नीचे बैठ गये थे तुम
कैसे सुड़क रहे थे, रामू
है न, कितना अच्छा दिन था वह—
कैसे मैं सबको बताती फिरती थी!

7

एक बार तुमने कहा था
अब फिर खो दिया है तुमने एक प्रेम
बहुत समय तक अब .खाली ही रखना अपना मन
बहुत धैर्य से दो-ढाई वर्ष तक सोचना
और सहना

मैं यहाँ तुम्हारे शब्दों को लिखती हुई नहीं बैठी, रामू
तुम्हारे शब्द नहीं रहते मेरे पास
सिर्फ़ तुम्हारा शब्द और .खाली तुम्हारे हाथ
और आसमान से
निःशब्द वार्तालाप करती हुईं धुली तुम्हारी आँखें

तुम्हारी गली की वे बिल्लियाँ
जो तुम्हारी मेज़ पर चढ़कर तुम्हारी ओर ताकती थीं

तुम्हारी वह स्वप्न में डूबी हुई सी छब, रामू
जिसे मैं जाली के इस ओर से देखकर
लौट जाती थी, बिना तुमसे मिले!

8

कितने दिन, रामू
तुम काटते बैठे रहे थे अपने घर
रंगीन काग़ज़ों की चिप्पियाँ
और ढाँपते रह गये थे अगले कुछ दिन
अपनी दीवारों में फैलती हुई सीलन

और कैसा जगमगा उठा था वह कमरा
कि चाहता तो सुस्ता सकता था वहाँ
अपने कमरे की सीलन से डसा हुआ
उन्नीसवीं सदी का कोई रूसी किरदार

और वे छिपकलियाँ, रामू
जिन्हें तुम अलग-अलग चीन्हते थे
अपनी नानी या दादी की तरह
अब रंग-बिरंगी चिप्पियों पर
विहार करती थीं

चाय की वह केतली
कैसा रूप निखर आया था उसका
जिसे तुम बाथरूम में रखकर चाय बनाते थे

फिर जब तुम रुष्ट हो जाते थे, रामू
जब क्रोध खरोंच देता था तुम्हारी भवों को
तब दीवार पर घूमती हुई
तुम्हारी कोई पुरखा नानी या दादी
तुम्हें लुभा ले जाती थी अपने लोक में

9

उन क्षणों में
क्या हो जाती थी तुम्हारी करुणा
जब लगने लगता था तुम्हें
कि क्षमा के भी योग्य नहीं है मनुष्य
और बिलख रहा होता था तुम्हारा अन्तस
प्राणियों की अक्षम्य पीड़ा से

तुम किसी श्वान की तरह स्वर्ग तक छोड़ आने को राज़ी थे उसे
जो पृथ्वी के किसी काम का नहीं था

फिर भी तीन वर्ष से मूर्छा में पड़े हुए मंजीत के लिए
प्यार भेजा था तुमने

और क्षमा कर दिया था मुझे
जब तुम्हारा व्याख्यान सुनते हुए एक दिन
मैं खुले मुँह भरी सभा में सो गयी थी, रामू!

10

एक लम्बी यात्रा के बाद
मुझे फिर उसी बरसाती में प्रवेश मिला था
कठिन प्रेम का वह खूसट-सा घर
और लोहे के ज़र्रों की तरह खिंचे चले आते थे मित्र

मैंने अपना झोला दरी पर रखा ही था
कि तुमने कहा—
कैसे यह लड़की चण्डीगढ़ से चली आती है
भली-सी आँधी की तरह, नहीं निर्मल?

फिर उसी शाम तुमने कहा—
निर्मल, कुछ दिखायी भी देता है इसे,
शी हैज़ सच अनसीइंग आईज़!—

निर्मल ने हुंकारा भरा
फिर देर तक मुझ पर
मेरे साथ हँसते रहे थे तुम लोग

निर्मल जब चाय लेने नीचे गये
तो कैसा मौन था हमारे बीच
हँसते-हँसते
हम कैसे मौन गये थे, रामू!

11

रुस्तम जब बीमार थे, रामू,
तो उन्हीं दिनों मैंने देखा
आप सफ़ेद चादर में लिपटे हुए
एक हौद में लेटे हैं,
रुस्तम और उदयन
दोनों ओर बैठे हैं
और कर्पूर की टिकिया से
चादर की मालिश कर रहे हैं

मैं पूछती हूँ, रामू?
वे कहते हैं, हाँ,
हम उन्हें वापस बुला रहे हैं

मैं देखती हूँ
कि कुछ ही देर में
मुस्कुराते हुए उठ कर बैठ जाते हैं आप
और कि आपका चेहरा रुस्तम का है
दाढ़ी इतनी श्वेत भी नहीं

और श्वेत दाढ़ी के रुस्तम को देख
कितने प्रेम से मुस्कुरा रहे हैं आप!

12

तुम्हारे जाने के कुछ ही दिन बाद
पृथ्वी के किसी सुदूर कोने में
पृथ्वी से कई मंज़िल ऊपर
टायलेट में पड़ी सीट के छिद्र से
एक अजगर सरक कर बाहर निकल रहा था

अगर खुल भी जाता तुमसे उस रात
उस कठिन से कक्ष का द्वार
तो बाहर ऐसा कुछ भी नहीं था, रामू
जो तुम्हें बचा सकता था

13

जल-कुमुदिनियों से भरा हुआ था वह कुण्ड
लाल मछलियाँ धूप-भरे जल में घूम रही होती थीं
और बाँस के पत्तों से छने हुए धूप के चकत्ते
सैर करते दिख जाया करते थे
तुम्हारी नीबू की चाय में
तुम बैठे होते थे वहाँ, जहाँ रोज़ बैठने आते थे तुम
पृथ्वी के उस टुकड़े और आसमान की उस धुआँसी नीलाई में
अपनी देह-यष्टि को टिकाये–

चौकीदार रामू–
जैसा तुम खुद के बारे में कहते थे

14

बेंत की कुर्सी डाले
मच्छरों से भरी उस हरी कच्च ज़मीन पर
भरी-पूरी कामकाजी दुनिया के बीचों-बीच
अपने .ख़ाली क्षणों को हम दिखाते
हर रोज़ समय के ठीक उन्हीं क्षणों में
बैठे रहा करते थे तुम

माली की नातिन आकर घेर लेती थी तुम्हें
और बाज़ी मार ले जाती थी तुम्हारे कवि मित्रों से
जो दूर से देखते रह जाते थे तुम्हें

15

पता नहीं यह कैसे हुआ रामू—
आउशविट्ज़ की उस पटरी पर
रेल के डिब्बों से उतरते हुए यहूदियों के बीच
मैं आँख मीचे तुम्हें देख रही हूँ
अब जहाँ गुलाब के गुलदस्ते बिछे रहते हैं
और पार्श्व में चमक रही है विस्ला नदी
जिसमें शवगृहों की राख उँड़ेल रहे हैं शिविर के डोम
फिर मेरी आँख के पर्दे पर ही तुम्हारी आवाज़ आती है मुझे—
आश्चर्य मत करना कि यह सब कोई कैसे कर सकता था
हम में से कोई भी
कुछ भी कर सकता है
किसी भी क्षण—
और पटरी पर झुक कर एक गुलाब उठा लेते हो तुम

तभी मेरे कमरे में बिना दस्तक दिये
सिल्वी चली आती है, रामू
वैसा ही नदी-प्रेम, जैसी कि वह है, तुम्हारी ही तरह का
निष्कलुष आत्म-तत्त्व,
और बात करते हुए वह रोने लगी थी
उसे हर रोज़ पहले से भी कहीं अधिक सुन्दर
और प्यारे लोग मिलते चले जाते हैं, कभी नौ तो कभी दस
डूब में आती हुई नर्मदा की घाटी में!

—मैं निराश नहीं हूँ—
वह कहती हुई गयी थी मेरे घर से

16

वे .ख़ाली क्षण तुम्हारे जिन्हें हम दूर से देखते थे
गिलहरी की गन्ध से भरे हुए थे
वही जो तुमसे कुछ खाने को माँगती थी
टुकुर-टुकुर ताकती हुई तुम्हें
तुम्हारी गली की बिल्लियाँ भी
जो तुम्हारी मेज़ पर बैठी देखती थीं तुम्हें
और हम जो कि टेक लेने आते थे
टुकुर-टुकुर ताक सकते थे तुम्हें
जाली के पार से

मच्छर काट कर चले गये थे एक दिन तुम्हें बुख़ार में
और कैसे तुम अपनी देह में उनका अंश महसूस करते रहे
किस-किस चीज़ के लिए कृतज्ञ हो जाते थे, रामू!

17

अब जबकि सत्रह बार
मैं तुम्हें जाली के पार से देख रही हूँ
मैं लिख सकती हूँ इसे
अठारहवीं कविता की जगह

उसी रात, मेरे राम जीओ,
तुमसे बहुत दूर
पृथ्वी के एक सुदूर कोने में
एक लिफ़्ट थी रामू, जो मुझसे खुल नहीं रही थी
और भीतर तड़प रहा था मेरी आत्मा का तत्त्व

वे ठण्डी निर्जीव चीज़ जिन्हें हम कभी सीख नहीं पाये, रामू
और नीली पड़ गयी थी दाहिने हाथ की तुम्हारी तर्जनी
अन्तिम क्षणों से जूझते हुए

उसी रात, रामू, ठीक वही क्षण रहे होंगे
वह किवाड़ जो तुमसे खुल नहीं रहा था—
तुम खोल रहे थे क्या मेरे लिए
पृथ्वी के एक सुदूर कोने में

विस्बी, स्वीडन, समुद्र

1

तुम समुद्र के पास खड़े हो।

वह दूर तक फैला है और अब थक चुका है, तुम्हारी ही तरह
ज़हर से भरा हुआ।

2

समुद्र, जो तुम्हें ज़हर की तरह लगता है, भय से भरा हुआ, और तुम्हारी आत्मा के अन्धकार से।

तुम बैठ जाते हो अपनी पंक्तियों को जोड़ते। हवा उड़ती हुई आती है सदियों पुरानी धुनों में बला की तरह गाती हुई।

पानी से उठकर पत्थर से बजती हुई हवा, समुद्र के अँधेरे में।

3

तुम ज़हर से भरी हुई नज़रों से काले समुद्र को देखते हो। सूरज हर शाम कोई नया ढंग चुनता है, अवाक् तुम खड़े रह जाते हो ज़हर में डूबे हुए। हवा तुम्हारी आत्मा को धकेलती हुई बहती है और समुद्र अब एक काली दीवार की तरह तुम्हारे सामने है।

लाल चमक रही हैं वन-बेरियाँ, सेब गिरते हैं तुम्हारी त्वचा के नीचे, पत्थर की बनी हुई भेड़ें तुम्हारा रास्ता रोकती हैं।

तुम हो, और तुम्हारी आँखों में उदासी बरस रही है, और समुद्र तुम्हारे लिए काला है, काला, काला सिर्फ़ काला।

4

समय से भरा हुआ है खारा पानी, सूर्य से, और तारों के काले अवकाश से। वह हमें छोड़ नहीं रहा, हम छोड़ रहे हैं उसे, समुद्र को, स्वप्न में लौट आने के लिए। रात अपनी बिल्लियों को सेबों से ढँकी हुई गली में लिए चली आती है। भेड़ें सफ़ेद हैं, पत्थर की, और निष्पलक देख रही हैं, समुद्र की ओर करवट लिए।

हवा बिलखती है, धूप से ठण्डी पड़ी दीवारों से टकराती हुई।

5

उसे कोई समुद्र कहता है, कोई कहता है काला पहाड़, या एक स्लेटी दीवार जो तनी हुई है वहाँ।

उसके तट पर फूल हैं केसरी रंग के, काशनी और नीले फूल, सफ़ेद तितलियों से भरे हुए।

समुद्र की सतह पर, या काले पहाड़, या स्लेटी दीवार की सतह पर सातरंग खेलते हैं, असंख्य सातरंग, सफ़ेद जलपक्षियों के बीच और भूरी बत्तखों के पंजों में।

6

हर शाम समुद्र, या फिर काले पहाड़, या स्लेटी दीवार की सतह पर कोई सूर्य-सा पिघलता था, कि सूर्य कह सकते थे उसे।

चट्टानों के खण्डहर जल उठते थे, जल उठती थीं सफ़ेद भेड़ों की समुद्र को ताकती हुई आँखें।

आन येदरलुण्ड के ख़तों से*

*इन कविताओं की निर्मिति स्वीडी कवि आन येदरलुण्ड और मेरे बीच कई वर्षों से चल रहे ख़तों के एक संक्षिप्त चयन, अनुवाद, और उनकी पुनर्रचना से हुई है। उनकी कविता का संचयन और हिन्दी अनुवाद कई वर्षों के इस संवाद के बाद ही सम्पन्न हो पाया था। *फ़ीका गुलाबी रंग* शीर्षक से यह संचयन सूर्य प्रकाशन मन्दिर से 2008 में प्रकाशित हुआ था। पाठकगण प्रस्तुत पाठ को आन येदरलुण्ड की ही रचना मान कर चलें...मेरे संग्रह में इस पाठ का रहना मेरे लिए बहुत अर्थपूर्ण है।

चलो हम सूर्य करें, अपनी आत्मा के अँधेरे में बैठी हुई वह कहती है। मेरी बर्फ़ की झील पर इस माह केवल सात घण्टे का ही सूर्य हुआ है।

हर चीज़ विचित्र है, कम से कम मेरे लिए। मैं अपने अ-सूर्य से तुम्हें अँधेरना नहीं चाहती।

हम तो अपने ही मन को कई बार अपने ऊपर लपेटे हुए चल-फिर रहे हैं।

बहुत समय से बात नहीं हुई। मुम्बई की भयावह घटनाओं की सुन तुम्हारी चिन्ता होती है। लेकिन तुम वहाँ नहीं हो, मानकर चल रही हूँ।

कितनी हिंसा है न दुनिया में।

अचरज होता है, कल्पना नहीं कर पाती। छिपकर बैठी हूँ?

हालाँकि समझ में आता भी है, दुर्भाग्य से।

हमारे यहाँ समस्याएँ छोटी हैं, लेकिन हमेशा काफ़ी बड़ी महसूस होती हैं।

अँधेरा अँधेरा पतझड़ निन्दासा किये रहते हैं हमें, सुबह, जब उठने का वक़्त होता है।

एकदम घुप्प अँधेरा, जैसे कुछ भी मौजूद न हो, हवा भी नहीं, ऑक्सीजन।

मर ही चुके हो सकते हैं, सच में।

हम कहाँ हैं?

ईरिस ने अभी-अभी बाल कटवाये हैं, और उस महिला ने कुछ ज़्यादा ही छोटे काट दिये...

अवसाद और गुस्से के मारे वह मार ही देना चाहती है उस औरत को (हिंसा), इतना गहरा धँस जाती है वह...

अब बारिश हो रही है, काले अँधेरे से अब सुबह पूर्ण अदृश्य में चली जा रही है, धूसर आकाश में, ठोस सघनता, समुद्री पानी जैसी हवा, साँस लेने में दिक्कत पेश आती है, जीवन...

एक महीने से (मेरा बेटा) इवान फिर से यहीं है, और हम सब बैठक के फ़र्श पर सो रहे हैं...उसने तलाक ले लिया है, और बेहद अफ़सुर्दा-दिली की हालत में रहा वह।

लेकिन अब पहले से बेहतर है, सिर्फ़ माँ को फिर से विछोह महसूस होता है, त्वचा पर।

उम्मीद है तुम दोनों स्वस्थ हो, और कि दिलचस्प काम हैं तुम्हारे पास करने को, सूरज और फूल, गर्माहट, ताज़ा हवा, कोई दुःख नहीं...

तुम्हें और रुस्तम को बहुत प्यार

तुमसे एक बार फिर जल्दी मिलने की उम्मीद में

तुम्हारा ख़त एक हल्की सी कगार है रौशनी की, उम्मीद की, शायद, कम से कम मुझे तो इतनी उम्मीद नहीं है, मनुष्य, कुछ...ताक़त है जिनके पास, वे... कितना विचित्र है मेरे लिए कि इतना अन्धापन है इस संसार में कैसे चलता रह सकता है यह सब? (लेकिन मुझे लगता है मैं समझती भी हूँ कैसे...)

लेकिन मैं समझती हूँ कि क्यों किसी को चोरी करनी पड़ती है, या कुछ और करना पड़ता है, केवल जीवित भर रहने को, अपने बच्चों को बचाने की ख़ातिर, आप कर भी क्या सकते हैं।

मुझे शर्म आती है, अक्सर, कितना कम कर पाती हूँ, अपनी मनुष्य समस्याओं में उलझी, और उन्हीं में डूबी हुई।

निरा यथार्थ...दिवास्वप्न...दुस्स्वप्न...फ़न्तासी
मैं यह देख सकती हूँ, महसूस कर सकती हूँ
उम्मीद करती हूँ तुम हिम्मत कर पाओगी, तेजी!

मुझे शर्म आती है अपनी कविताओं को लेकर।
मैं कुछ करना चाहती हूँ। पर काम नहीं कर सकती, कुछ हल नहीं निकाल सकती...

कैसे?

मुझे हमेशा भ्रम रहा है कि शब्दों का काम है दुनिया को बदलना, नहीं तो उन्हें लिखने का अर्थ ही क्या है। लेकिन...यह एक मूर्ख, मूर्ख विचार है।

लेकिन फिर भी उम्मीद की कगार? मुझे नहीं मालूम आप
'उम्मीद की कगार' कह भी सकते हैं या नहीं।

लेकिन...
मुझे शर्म महसूस होती है मैं कितना कम कर पाती हूँ,
ज़्यादातर चादर की ओर मुँह किये
लेटी रहती हूँ बस।

और अब...
जबकि इतना समय गुज़र चुका है, लम्हा
लम्हा

तुम्हारे बारे में अक़्सर सोचती हूँ, अभी कहाँ हो तुम?
यहीं-कहीं न?
हमेशा सोचती हूँ
हमेशा कहीं पास, किसी न किसी तरह
...सोचा था आऊँगी...शायद...?
लेकिन मुमकिन नहीं था, मैं बहुत कम यात्रा करती हूँ, कई वजहों से

और इतना कुछ है बताने के लिए
और कितना कठिन है बता पाना, कोई तुक भी है बताने में

क्या हम वैसे ही मन में मौजूद नहीं हैं
एक दूसरे के लिए...

तुम्हें और रुस्तम को प्यार
यह तुम्हारे बारे में सोचना बिना बात किये, बिना लिखे
कितना कठिन है बोलना...

—आन

अक़्स कविताएँ

मछली पकड़ता है
अक़्स पर अपनी चोंच टिकाये
बगुला
*

सूखती नदी में
बादल के अक़्स पर
रेत का झोंका
*

उथली नदी में भी
सँभल कर उतरता है
पूनो का चाँद
*

भरी दोपहर
और पी जाता है बाघ
अपने अक़्स को
*

जलघास में अटका
छिन्न हो रहा है
मछुआरी नाव का अक़्स
*

बूँद एक सुड़क लेता है
अपनी ही चोंच के अक़्स से
नीला शोख़ मछुआरा

दर्पण अभी काँच ही था

ओ दर्पण दर्पण
तुम्हारी वजह से ही तो हम ज़िन्दा थे!

ओ लाल पत्थर
तुम्हारी छाया में ही तो हम रहते थे

नीले पानी के निकट!

***

और काश कि मैं एक नीली शिला होता! एक नीली शिला
(मैं ऐसे सोचता था)

या कोई दर्पण कहीं पड़ा हुआ!

—रुस्तम

1

लाल पत्थरों का नृत्य था
एक स्वप्न में
एक कोने में कहीं तुम थे
भवों में रक्ताभ भय के सूर्य
ओठों पर नैराश्य के फूलों की हँसी

पीले चकत्तों को चित्र में लिए
धूल में गिर रहे थे
तीन मार्च के सुर्ख़ पत्ते

सितारों के नीचे
नदी के पन्ने पर चींटियों की तरह चलते हुए अक्षर

और कैसे यह किसी अधूरे
छूट गये दर्पण में लिए
तुम छिप जाना चाहते थे अन्त में

2

दर्पण अभी काँच ही था
और अक़्स टूट पड़े थे

बादल और दिन का छिलका-सा चन्द्रमा
अदृश्य सितारों की नीली बिछती हुई धूप
हंसों की एक जोड़ी ग्रीवाएँ साँझ की ललौंस में

गायों के झुण्ड अपने सींग निपोरते हुए खनक रहे थे काँच में

रेत के बगूलों में घिरे हुए थे तुम
और मूँद रहे थे अन्त में
नदी के लाल सर्पाकार आकाश में

यह दर्पण
जो अभी काँच ही था...

3

मैंने सुना था
कि बगुले उड़े चले आ रहे थे
जब तुम उठकर चले जाना चाहते थे दृश्य से

कि स्पर्श के उस पार से
एक क्षण पिघल कर नदी में उतर चुका था

पलाश के खिले हुए मास में
सेमल के फूल भी थे

तुम पानी में एक ग्रास की तरह दिखते थे
जब नृत्य में मग्न थी रात की नदी
पूरे हो गये चाँद में

4

सफ़ेद फूल
एक दर्पण में झर रहे थे

पानी की सतह को चोंच से खोल रहे थे कुछ अक्षर

तुम बैठे थे उदास अपनी ठीकरियों
और लाल पत्थरों के बीच
जब बादल एक सूख चुके चन्द्रमा को घेर रहे थे

और मछलियाँ अपने जन्म को लौट रही थीं
अन्त में

तुम नहीं खींच सकते मुझे
एक ठण्डी साँस हवा में कहती है
नहीं खींच सकते मुझे...

मैं अपने चप्पुओं को छोड़ रहा हूँ!

5

कैसे अटक गये थे फूलकर तुम्हारे दर्पण में
वे काले पशु, वे पशु, ओ महानदी!

कैसे उनके थन
अब शून्य से गन्धाते थे

कैसे मछलियों के शव
पश्चिम की ओर बहते थे
तुम्हारी सतह पर, ओ मत्स्यगन्धा!

सान्ध्य आरती के अवशेषों पर
कैसे उदास-सा उतर आता था नदी का सूर्य

वे जो हर सुबह तट को आते थे
कान छूते हुए तुमसे किस-किस बात की क्षमा माँगते थे

रूपमती
अब भी निष्पलक देखती थी
क्षितिज पर चमकते हुए चाँदी के तार को!

6

पश्चिम की ओर
बह रहा होता है एक दर्पण

जब
तुम
साँझ की
        सीढ़ियाँ
        उतरते हो

जेब में एक लाल पत्थर
नीली एक शिला का दिवास्वप्न–
तुम्हारी देह–
        दर्पण के जल में
        अन्यमनस्क
        तुम्हारी साँसों की लय

काले पहाड़ों से उड़े चले आते हैं श्वेताक्षर
भय से घिरे हुए जलचरों की ओर

बिंधी हुई मछली की आँख
तुम्हारी पीठ को सहलाती हुई
बहे चली जाती है।

7

तुम भी समुद्र की ओर बह जाना चाहते थे

सम्भव नहीं था यह दर्पण के तट पर
दर्पण के प्रवाह में
दर्पण में उड़कर एक तिनके-सा उतर कर भी
सम्भव नहीं था कि समुद्र

सम्भव थे
सुरमई पहाड़ों से पंखों के श्वेताक्षर जो बहे चले आते थे

जैसे सम्भव थे कानों को छूते हुए
सुदूर किसी महालिंगम की ओर
दर्पण के जल को कन्धों पर धारण किये
पीले वस्त्रों में भागते हुए शब्द
या फिर नृत्य में लीन गेहूँ के जवारे दर्पण में उतरते हुए जो सम्भव थे

सम्भव नहीं था
कि मीलों-मील पेट के बल रेंगते हुए भी तट को आते तुम
और घुल सकते थे अपने नैराश्य के साथ
पश्चिम की ओर भागते
हुए दर्पण में

सम्भव नहीं थे
सम्भव नहीं थे तुम

8

तुम्हारी नाव की जलरेखा
चाँदी के दर्पण में
छप रही है पहाड़ों के अक्स पर

जहाँ इस घड़ी
विश्राम कर रही होंगी
श्वेताक्षरों की पंक्तियाँ

बिम्बों के सान्निध्य में
कुछ भी,
कुछ भी हो गुज़रेगा
दर्पण से झिरती हुई रात में

9

तुम बिम्बों से घिरे थे
और तट पर पुकारा जा रहा था तुम्हें

तुम्हारा नाम
जो तुम उतारकर तट पर छोड़ चुके थे

कोई था
जिसके आँसुओं से बहकर जा चुके थे तुम
बिम्बों की शरण में

तुम्हारे हाथ के छुए लाल पत्थर
अब भी दहक रहे थे
पलाश की ललौंस में

10

दर्पण में धूप की सतह थी

और तुम्हारी भवों में अँधेरे की काँपती हुई शुआएँ

बाँहें, ओंठ, सब छिपते थे किसी नीली शिला की ओट में

सफ़ेद फूलों की तरह झरे चले आते थे अक्षर
तुम्हारे काले-सियाह पन्नों की सतह से

जैसी अबूझ थी अन्तर्गुफाओं की चित्रलिपि
वैसा ही किन्हीं पंक्तियों का उजास

वे क्या नदी के ही बिम्ब थे
धूप से भरी हुई सतह के

कि उस ओर देखने से ही बन जाता था दर्पण
फिर मिट भी जाता था?

11

सुरमई टीलों से जैसे
कभी एक साथ इस ओर उड़े चले आते थे श्वेताक्षर
कभी काले मेघों ही में घुल जाते थे

इस संसार में एक जोड़ी आँख भी थीं
जो देख रही होती थीं

मधुमालती के फूलों के पीछे से
खजूर के छत्रों के इस ओर
एक झीने सफ़ेद पर्दे की ओट से

किसी दर्पण के तट पर–

कितना सरल था
मृत्यु के शब्द को लिखना

12

तुम जिसे नीली शिला कहते थे
वह नीली थी

सुनील इस दर्पण में
वह नीली शिला

श्वेताक्षर उभर आते थे रात्रि में
वह शिला जो नीली दिखती थी

और तुम थे
कि समा जाना चाहते थे सदेह
जैसे मेघों में घुलते हुए अक्षर

13

ऐसा क्या था
कि हम बार-बार लिख रहे थे तुम्हें
ओ नीली शिला

क्या था कि जब टूट रहा होता था हृदय
तुम्हें शब्दों के बीच रखने की कोशिश करते थे

क्यों हम तुम्हीं को पढ़ते रहना चाहते थे
सुरमई टीलों से उठते हुए श्वेताक्षर!

ओ बचे खुचे सौन्दर्य
ऐसा क्या था कि मृत्यु की प्रतीक्षा में
सिर्फ़ दूर से देखते हुए
हम तुम्हें बिम्बों में बदल देना चाहते थे

मृत्यु में भी
ऐसा क्या था

ओ नीली शिला

बूढ़े प्रेम की कुछ और कविताएँ

1

नदी खुली है सामने और मेरी आँख। बगुलों के अक्स चलते हैं पानी की सतह में। देह अब सो जाने की कोशिश करती है। एक बड़ी हरी और ख़ामोश-सी भूमि है यहीं-कहीं हमारे पास। हरी घास पर तुम एक काला कीड़ा दिखाते हो मुझे जो शान्त है। फिर एक नन्ही पीली चिड़िया। ऐसे मरते हैं पक्षी, तुम कहते हो।

2

थक कर रुक गयी थी नदी और हम उसके तट पर। बहुत कुछ था जो नदी को थकाने रोज़ चला आता था उसके किनारे। और हम थे कि एक पल के लिए भी सौन्दर्य को खोना नहीं चाहते थे। रोज़ गुनते थे अपने जाने को; सफ़ेद पक्षियों की तरह काले मेघों के सामने उड़ते-उड़ते ओझल हो जाने के बारे में सोचा करते थे।

3

काले बादल थे और उनकी सतह पर गुलमोहर के दहकते हुए फूल। नदी हमारी पीठ के पीछे थी और थकी हुई थी। उसके बिम्ब में कोई थकान नहीं थी। वह थकी हुई और दूर से देखने पर हमेशा बिम्ब में बदल जाती थी।

काले बादल और गुलमोहर के दहकते हुए फूल भी।

हम बिम्बों से घिरे हुए थे और बिम्ब में बदल कर ओझल हो जाना चाहते थे।

4

कोई दूर से देखे और थकान न हो। पास से देखने पर हम बिम्ब की तरह दिखायी नहीं देते थे।

हमारी देह का जो तट था, वहाँ बिम्ब में बदल जाने की इच्छा थी जो दीख पड़ती थी।

उस ओर के तट पर उमगती हुई पहाड़ियों पर सफ़ेद पक्षी उड़ते थे।

अन्तिम इच्छाएँ

1

कवि, एक शब्द, और वह पीछे मुड़कर देख लेता है
और वह पीछे मुड़ कर देख लेता है, कवि, एक शब्द

रात के धुएँ में नीली-सुनील बाँहें और काँच के टुकड़े
वे नीले टुकड़े, वह पीछे मुड़कर देख लेता है

कि एक वक्ष समुद्र की ओर झुकता है

जब सुमिरिनी से टूट कर
अँखुए फूटते हैं

2

क्या घेर रही होगी एक सुनहली बाँह
सुबह के काँच को

बैंजनी
जब नाच रहे हों पन्ने पर खिले हुए फूल

या लिखे हुए फूल याकि ऐश्वर्य हृदय का
उमड़ रहा हो पुतलियों के अक़्स में

जब कुछ नहीं होता
सब कुछ होता है एक सम पर
घुलता हुआ यह श्वास

जो कुछ भी नहीं होता

3

यह सच है कि ओस में गिरना चाहता है हृदय
जब एक खड़खड़ाते पत्ते की तरह
लू में उड़ी चली आती है
मृत्यु

कोई उठता है
और आँख के पर्दे पर बाँचने की कोशिश करता है
वह जो रचनावली है–
श्वास के क्षणों की–
और कौंध उठती है अनायास
हरी एक छत (जिस पर) पीली
                    एक ततैया उड़ती है
पानी गिरता है चाँद का

4

ओठों से छुई हुई एक शुआ सरक कर उफ़ुक
की ओर जहाँ समुद्राकाश
प्रतीक्षा करता है श्वास की

चींटी सी अपनी देह से नौ गुना उठाकर
कहाँ चली वह सफ़ेद इस रात्रि के प्रान्त में

कक्ष में रंग से लथपथ एक कूची का
ठण्डे फ़र्श से सटा हुआ-सा हृदय

5

कोई तो है जो कहता है, सफ़ेद पाखियों की पाँत
जो कहता है, मरीय, अब मरता हूँ मैं
वह जो अन्त में लिखता है, लेमोनेड हर शय असीम है—
और वह जो चादर बिछाये पेड़ों के शब्द से घिर जाना चाहता है
काँच के एक साँप में सरक जाना चाहता है—

आह कि रात की कश्तियों के पाल कितने श्वेत हैं
नदी में शान्त पड़ा हुआ मावस का सियाह नीला जल
और मैत्री की विषाक्त गलियाँ धुल कर स्वच्छ निकल आयी हैं

6

कटे हुए खेत में क्या पुआल की रोशनी है
क्या नयी बर्फ़ कोई चन्द्रमा है दूर-दूर तक फैला हुआ
क्या अँधेरे वन में फिर पीली तितलियाँ सूझ रही हैं तुम्हें
कटे हुए खेत में क्या सेमल की लपट झरती हैं?
क्या नयी बर्फ़ के चाँद में उठ जाया करता है तुम्हारा मन
अँधेरे वन में तितलियाँ क्या अन्त तक उड़ती रहेंगी हृदय में?

कवि की सामर्थ्य

पुतलियाँ देखती हैं   और पुतलियाँ मिटाती हैं
बस उसे नहीं जो एक बैंजनी फूल है बुखार का
बस उसे नहीं जो सुनहले खेत में सेमल की शाख से झरता है
बस उस स्वप्न को नहीं जिसमें तुम हर बार मिट रहे होते हो दिशाओं में
वह नन्हा सफ़ेद जीव जो कोई चौपाया ज़ख्म है बारिश में रिसता हुआ
मिट जाता है तुम्हारे हृदय के घाव में

मिट ही जाती है कई बार किसी भूल से
वह—
          जो कवि की सामर्थ्य है संसार में

कविता की प्रतीक्षा में सूखते हुए कुछ दिन

(पारुल पुखराज और जॉर्ज सेफ़ेरिस के फूलों से)

—पेरिस में अपने विद्यार्थी दिनों में मैं एक बार अपने एक मित्र के साथ वायलिन की गज़ बनाने वाले एक आदमी के घर गया। गार डू नॉर्द के मोहल्ले में एक घर की सबसे ऊपरी मंज़िल पर। जैसे ही मैं घुसा, दाहिने हाथ कटी लकड़ी की एक ढेरी। "इस सबसे," मैंने पूछा, "क्या आप गज़ें बनाएँगे?" "मैं नहीं", वे बोले। "इस लकड़ी से मेरा बेटा बनाएगा गज़ें, लकड़ी अभी सूखी नहीं है," मैं नैरन्तर्य को लेकर उनकी चेतना से बहुत प्रभावित हुआ। कितने लोग जानते हैं लकड़ी के सूखने की प्रतीक्षा करना।

*(**जॉर्ज सेफ़ेरिस** की* कवि की डायरी से)

—और कभी-कभी, तेजी, सूख चुकी लकड़ी में दो-तीन साल बाद फिर नमी आने लगती है।

—अनिरुद्ध उमट

प्रेम

एक भारी पत्थर छाती पर
काग़ज़ पर
भारहीन शब्द

—पारुल पुखराज

1

क्या
मालूम है
तुम्हें

पर्दे के पीछे
बेतरह
रूठ गयी है
वह

उसकी
मात्राएँ
झाँकती हैं
अथाह हरे की सलों में

उसके शब्द
हृदय की रेत पर
तड़पते से कुछ जीव हैं अक़्स में

उसके अर्थ
तुम्हारे अंगों में
ख़ून की तरह
श्वेत और मौन हैं

बहुरंगी मेघों से
अश्रुबिन्दु

बरस
जाते हैं
स्वरों की मुँडेर पर

तब भी नहीं आती वह
नहीं आती
तब भी

नहीं आती वह
आती नहीं वह

2

नीईईईईल...मणि...मुख
पोखर में खड़ा सूर्य

झलक गया अभी से
बिम्ब भी
साँझ की आमद का

चन्द्रमा
खींच लिए चलता है अपना चित्र
पानी से बहुत दूर दूर वहाँ
और
अनिद्रा में डूबे हुए श्वेत से कुछ पंख

उस ओर शायद प्रतीक्षा करती बैठी हो
काग़ज़ की

वह, रसभरी!

3

जिस भी सेमल की छीम्बी से उड़ती है वह
जिस भी दूर्वा की ओसभरी लोच में नम
जिस भी हरे साँप के नीचे से रेंग जाती है घास में
जिस भी दुधमुँहे दाँत से काट लेती है कुचाग्र को
जिस भी ईश्वर में घुलनशील है अनास्था की केंचुल में
जिस भी पत्ती से क्षमा माँगती है कि आत्माएँ मर्त्य हैं
जिस भी गर्भ में सुनती है कथा व्यूह में प्रवेश की
जिस भी नक्षत्र पर सवार वह निहारती है पितरों के श्वेत को

वह रहे!

अपने व्योम में स्वच्छ
और पारभासी

आये न आये यहाँ

वह रहे!

4

भाषा के साथ खेल सकते हो
(खेले भी हो ज़ार-ज़ार उसकी ध्वनियों और नुक़्तों से)

क्या खेलोगे उससे भी—?

उस परछाँइयों के बुने नृत्य से
साँसों की उस अन्यमनस्क माला से
सुगन्ध से बहके हुए उस झोंके से
जिसे सहेज नहीं सकतीं तुम्हारी पलकें

मालती के वे फीके गुलाबी फूल
नारंगी ग्रीवा से मुरझाते हुए वे पारिजात
जासोन के वे सुर्ख़ घने बिम्ब जो तुम्हें चूमकर डूब जाते हैं साँझ में
वह मत्स्या जो कन्या के भेष में तुम्हारे ममत्व को टंकार जाती है
वह देही जो तुम्हारी देह में किसी मर्त्य गीत को गुनगुनाती है

क्या खेलोगे उससे भी
जिसे कभी-कभी कविता कह देते हो तुम?

भाषा से खेल सकते हो

5

तुमने एक फूल को देख लिया है तालाब की इन्द्रियों में गुलाबी रिसते
भैंस की कालिख़ से सुबहो-शाम ख़ून पीते हुए जीव
और वह साँप जिसे पहली बार मानुष की आँख ने देखा है
कोई सच है जिसकी पुतलियों में सूर्य के साथ बाँस के बिम्ब
एक शिशु जानता है कि एक चाँद निकलता है उसकी प्याली से
तुम नहीं जानते उस मोम के मर्म को जो जलती है तुम्हारी मेज़ पर—

यह पृथ्वी जो एक हस्तलिखित पंक्ति है
पृथ्वी की डूबती हुई सतह पर

6

पूरा हो चुका चाँद
झर चुकी सेमल और टेसू की सुर्खी
कनक की पकती हुई लोच में

महुआ की तीक-सी वह कभी-कभी दिख भी जाती है
लम्बे कश में बदल देती हुई इस दृश्य के ऐश्वर्य को

फिर दिख जाती है कोई जुएँ बीनती हुई माँ
नीले घर के उघड़े हुए काँधे की ओट में

और लो
वो गयी वह नंग-धड़ंग भोर में उड़ती-पड़ती
सूखे बालों के अनमने गोदुए में
अण्डों से लबालब भरी हुई

7

अभी टिमटिमाते थे
अब मुँहा-मुँही आग पकड़ते हैं
टेसू के फूल

इच्छा से
अनिच्छा से
जलती है वह
जो देह है आत्मा की

कभी-कभी
सेमल के सुर्ख में अटक कर
भ्रम होने लगता है—

वह जो अग्नि है
कहाँ-कहाँ टहल आती है
देह की तलाश में

8

क्या यही मिला है
हम भूल जायें उसे
और प्रतीक्षा करें

बस यही

गिलहरी आये
ख़ाली आँखों में ताक-झाँक
फिर भाग जाये आम के फूलों में

बहुत दिनों से दिखा भी नहीं
प्रेम के पाश में बीच गली पड़ा हुआ
वह एक जोड़ा गिरगिट का

श्वेताम्बरी बकरी वह
जो चाँदनी के फूलों के नीचे
देह उठाये खड़ी है

वह तरुण
जिसकी आँखों के शिशु में
आन ही पहुँची है वह इच्छा का रूप धरे

भूल जायें उसे
और प्रतीक्षा करें

9

कभी वह उतरती है बिम्ब में
कभी कोरे किसी शब्द में
शव के लिए सहेज दिये गये कपड़े-सी

आस्था
अनास्था के बे-अन्त जाल बुनती हुई
वनस्पतियों के घनत्व में

क्या यह सच है कि भूख के शब्द में मनुष्य ही का बिम्ब है
कि प्यास के शब्द में

वे माटी और कंकरों को उबाल कर पीते हैं
वे हड्डियों के आटे की रोटी बेलते हैं
वे पेड़ में पड़े कीड़े और जल को सुड़क लेते हैं चोंच से
वे मुँह बाये गोदुए में प्रतीक्षा करते पंखहीन शिशुओं को

पूरी पृथ्वी को ढाँप देने कोई एक चादर बुनता है
और प्रतीक्षा करता है–
(कोई नहीं जानता
किसी को नहीं पता इस फ़न का

किसी ने
कभी
कुछ भी सीखा नहीं)

10

बेतरह आँख पोंछता है
इस क्षण का ईश्वर

(आँसू
प्याज़ के?)

ऐश्वर्य में
उसे भी नहीं मालूम
वह भी नहीं जानता

प्रतीक्षा है वह
जिसकी प्रतीक्षा
होना अभी शेष है–

शेष है
अभी इस नक्षत्र पर

11

उसका (कवि का) कान उससे बात करता है
–पॉल वालेरी

मीलों-मील बँधी हुई धूप में
                पूसे अनाज के

कान सुनता है
एकटक
कनक और टेसू के रंग
सेमल के फूल की हवा में

और मंजते हुए सुबह के बासन कहीं

वह कहीं इस दृश्य की भंगुरता में अलसायी
हँस रही है काँच की हँसी

12

सरक आती है कान की प्याली में–
　　　　　　　सुबह की स्नेह सरीखी धूप

जब कोई बासी-मुँह सोया पड़ा है अभी उनींदी रात के बहाने

सुबह के पाखी देर तक कूकते हैं आम की महक में

बताओ मुझे–
　　　　　　　कहाँ है वह रेखा पानी की
　　　　　　　खींच सकते हो जिसे
　　　　　　　उस और इस पार के बीच?

13

ऊँघती हैं
दोपहर की कच्ची डगार से
मुनगे की सूख चुकी फलियाँ
सींच जाती है
उड़ती कोई चिड़िया
दूबरी
परछाईं से

14

नाव को खेते, तैरते, बादल और धूप, आज मैं कुछ नहीं होना चाहता; कल देखेंगे।

—जॉर्ज सेफ़ेरिस

बहुरंगी छींट की खाल में रुई का भेड़िया। बड़ा है हाड़-मांस के आकार से।
छोटे-छोटे दाँत निपोरे भागा आता है सीढ़ी-दर-सीढ़ी आँगन के पार से।
लपकता है मुझ पर रुई की पूरी लोच से।
फिर तुम पर भागा आता है सीढ़ी के छोर से।

मैं मुस्कुराते हुए उठ बैठती हूँ स्वप्न से

पहली बार जीवन में।

15

तब तो, उसकी प्रतीक्षा करते हुए मैं खो बैठूँगा उसे।

—काफ़्का

पर्वतों के नील से किसक रही है बर्फ़ की धूप नदी के मुख में। "मात्सुशिमा/आह मात्सुशिमा/मात्सुशिमा!" लुन्स्दाल से हलकी कूक के साथ आर्कटिक की सफ़ेद रात में टहल आती हैं ट्रेन की खिड़कियाँ। बौनों का और-से-और रूप धरते हैं उत्तर की ओर धीमे-धीमे भागते हुए पेड़। ध्रुवों के पानी होते श्वेत में अपनी भूख को लिए-लिए फिरते हैं बर्फ़ के चौपाये।

हो सकता है क्या इतने क़रीब से छूकर भी मैंने खो दिया हो उसे?

16

मालूम नहीं
इच्छा होती है जब
कि आये वह

क्या वह रूठ गयी होती है
खेत-हार में सूख रहे
पूसों के बीच

दिन-दहाड़े
छब्बीस मार्च के दिन

जब कोई शक नहीं कि दहक रहे हैं तीन-तीन पेड़ों के फूल

हलके स्पर्श में चित्र-सरीखी बैठी हुई बकरियाँ
हलके बुखार में तप रही हैं

स्मृति
जब सिर्फ़ और सिर्फ़ एक आगोश है
दिशाओं में लरज़ती हुई

17

रात आयी
और अदृश्य में डूब गये
मीलों-मील फैले हुए
मार्च के सुनहले और सुर्ख

एक नक्षत्र अपनी धुरी पर घूमता है
उन्हें दृश्य में लाने

धनतहिया कोई दो बीघे का यूँ ही परती में डाल दिया गया है

शून्य के लम्बे-लम्बे कश खींच रही है पृथ्वी

बस धनकुट्टे कुछ मखमली अब रेंगते रहेंगे यहाँ-वहाँ
गहरी सोच में डूबे हुए

18

अपने फूलों की दहक से
वह भी तो तुम्हारी उँगलियों को छूने की प्रतीक्षा करती है

कोई एक-तरफ़ा प्रेम है यह
कि नैराश्य में मिटी जा रही हैं तुम्हारी आँखें!

नहीं है—
कि त्वचा तुम्हारी महक को बरज दे मार्च के माह में

नहीं यह भी नहीं
यह भी सब झूठ ही गुनते हो तुम गूदा-गादी की गर्ज़ से

तुम प्रेम करते हो उससे
कि जीवन में यही एक प्रेम किया है तुमने
कि इसी प्रेम की ख़ातिर
तुमने पृथ्वी के असह्य सौन्दर्य से क्षमा माँगी है कई बार

उन दुःखों से और प्यास के पहाड़ों से भी क्षमा माँगी है
जो तुम पर टूट कर भी तुम्हारी पंक्तियों में नहीं आते

माँगी है क्षमा पाखियों और मनुष्य के शिशुओं से
और कई नर-मादा सर्पों से
जिनकी सभ्यताएँ छीन ली गयी हैं

फिर भी प्यास लगी आती है तुम्हारे शब्दों की देह को
जब शब्दों और अर्थों के बीच
तुम्हारे हृदय की धड़कन
और मेज़ पर बेवजह धरे पन्नों के बीच
एक अलंघ्य दूरी है

क्षमा माँगो कि क्षमा भी एक व्यर्थ का कर्म है, मित्र
जो बचा ले जाता है तुम्हें एक मुक्ताकाश में

वह भी तो तुम्हारी उँगलियों को छूने की प्रतीक्षा करती है
अपने फूलों की दहक से–

प्रतीक्षा
समय की बनी हुई नहीं है।

19

क्षण के उस नामालूम अंश में
जब तुम्हारे मोह में धोखे से पड़ ही जाती है वह
क्या वह डर रही होती है कि उसकी पलकों के कम्पन से मुग्ध
तुम किन्हीं और पलकों के कम्पन से
तबाह कर लेना चाहोगे ख़ुद को?

दूर से आती है या कहीं बहुत पास से
पुरखों के रोने की दिशा से आती है वह

उस नख़्लिस्तान से जिसे रोया है उनके चेहरों ने

उस सुख की आँधी-सी उड़ी आती है वह
जो माँ के सफ़ेद फूलों से हर रोज़ बिखरता है
उसी के नूर में काँपती तुम्हारी आँखों के नीचे
जब बही आयेंगी तितलियाँ आम की पीली वातास में
वह चली जायेगी छोड़कर तुम्हें विस्मृति की धूल में

रोओ, सर पटक कर ज़ार-ज़ार रोओ तुम
गिरा दो अपनी जेबों में काले पड़ते चाँदी के सिक्के
वे छुआरे और मीठे चने बचपन के
जिन्हें बीनते थे तुम शवयात्राओं के बीच से भागते हुए आठ के आकार में

तज दो दारिद्र्य अपना
तज दो ऐश्वर्य भी

उठाओ अपनी भवें शून्य के गलियारे में

नदी से
बहुत दूर

बहुत-बहुत दूर
रेवा के तट से

बहुत-बहुत
दूर तुम!!

20

प्रतीक्षा करो
या न करो
कोई फ़र्क़ पड़ता है भला
वह रात के रहस्य में आती है तुम्हारे पास
तुम्हारी चादर की सल में अपनी पाँखुड़ी को धीरे-धीरे खोल देती हुई
तुम्हारे कानों की प्याली से अपनी ही गर्म साँस को पीती हुई–

वह थक भी जाती है तुमसे
तुम्हारे बिम्बों और अक़्सों और ध्वनियों से
किन्हीं और उँगलियों को अपने फूलों की दहक से छूना चाहती है वह
जो कोई और ही रूप देती हैं उसे
आह रूप!
जो चहों ओर तुम्हारा ही लिखा हुआ जान पड़ता है तुम्हें
कहीं भी
किसी भी छाती में बिंधा हुआ तीर
दिशाओं में लरज़ रहा है तुम्हें टंकार देता हुआ

तुम उतने ही दारिद्र्य में हो
उतने ही ऐश्वर्य में

जितना तुम दे सकते हो स्वयं को–

तुमसे थक कर भी
वह तुम्हारे ही पास लौट आती है।

पचमढ़ी, मई 2012

1

बरगद के फूल
टप-टप
गिरने को होते हैं

मैं चुप
बैठ लेती हूँ छाया में

और लो
अब गप लगाने लगा है पेड़!

2

रजत प्रपात

ढलान से
कितना डरते हुए उतर रहे थे हम
अपनी खटारा चप्पल पहने

रास्ता
जबकि खुद लिखे दे रही थीं पगडण्डियाँ

फिर
साल के वन थे
बकरियों की घण्टियों से शिंजित
शीतल और शान्त

एक जंगली गिलहरी
डगार फाँद रही थी
और उसने भी हमें पहली बार देखा था

कहीं से किन्हीं फूलों की गन्ध
घेरे ले रही थी हमें

उस रेलिंग से पहले
जहाँ ठुड्डी टिकाये रुक गये थे हम

और वहाँ दायीं ओर बहुत दूर हमारे नीचे
अतल गहराई में चमक रहा था वह–

चाँदी का वह गिरता हुए पानी
हरे कच्च वनों से घिरा–

वह संन्यासी प्रपात
उमगती पृथ्वी के
गहन एकान्त में

3

वनैली पगडण्डी पर
जहाँ मार्च में
सेमल के फूल टपकते थे

अब रेशमी रुई के फाहे उड़ते फिर रहे हैं

4

मेरा मन हुआ मैं पूछूँ—
क्यों, आप सोच रहे थे पटाख़े फूटेंगे
बिजली की लड़ियों से सजा होगा
दूर चट्टानों से चुपचाप गिरता हुआ पानी

जब वे निराश लौट रहे थे
रजत प्रपात को देखकर

5

लौट गयी है हवा
जहाँ से भी वह आयी थी

साल के फूलों की .ख़ुशबू लिए

6

जगहों के नाम

जब हम किसी जगह को नाम में बदल देते हैं
जैसे धूपगढ़
रजत प्रपात
या फिर हांड़ी खोह
तो हम अपनी आँख
बस वहीं के लिए बचाकर चलते हैं

रास्ते में साल के फूल महकते हैं—
व्यर्थ

जंगली गिलहरी डगार फाँदती है—
व्यर्थ

पक्षी की छाया घास पर उड़ती है—
व्यर्थ

जंगल-पहाड़ से होते हुए
हम सिर्फ़ एक नाम तक पहुँचते हैं

7
जीजा चाय वाले, सुभाष रोड के उस्ताद

भई वाह
पचमढ़ी की सबसे अच्छी चाय
आप ही के यहाँ मिलेगी न?

यह सुन सुभाष रोड के उस्ताद का चेहरा खिल उठता है

फिर गंजी को जुगत से माँजते हैं वे
जिसमें पीतल का हत्था
उन्होंने .ख़ुद लगाया था

8

धूपगढ़ में सूर्यास्त

आज फिर उसे डूबकर दिखाना है यहाँ
सतपुड़ा की अन्तहीन सुरमई पहाड़ियों में

जो देखने आये हैं
चीज़ें साथ लेते आये हैं—

चीज़ें जो कभी ख़ामोश नहीं रहतीं
चीज़ें जो कभी ख़त्म नहीं होतीं

जबकि बादल रंग बदल रहे हैं
पहाड़ चुपचाप खड़े हैं
और अब एक बार फिर
कुछ ऐसा ही गुज़रने वाला है
जो पहले कभी नहीं हुआ

और फिर वे उस हुए हुए को देख
एक साथ धूपगढ़ से भाग खड़े होंगे
बहुत-सी चीज़ों को पीछे छोड़ देते हुए

कैसे फिर
उन तुच्छ चीज़ों पर भी
जो कभी ख़त्म नहीं होतीं
साँझ की ललौंस उतर आयेगी
अपनी सम्पूर्ण भव्यता में

9

पचमढ़ी के सूअर

सच कहूँ
तो पहले कई बार यहाँ देखे हुए सूअर
इस बार मुझे याद नहीं आये

तितलियाँ न होतीं
तो उनकी याद मुझे आ ही जाती
या पचमढ़ी के मसखरे बन्दर न होते
तो वो एक तिपाया छुटकू ज़रूर याद आता मुझे
जिसे जीवन कठिन लगता था

लेकिन सूअरों की बात कुछ और है
है न, बाबा—
तुम्हारी तरह मैं भी उनके बारे में लिखना चाहती हूँ

यह भी
कि इस बार जब वे नहीं हैं
आख़िर मुझे याद क्यों नहीं आये
कई वर्षों तक
पचमढ़ी के मैदानों में
विहार करते हुए वे सूअरों के झुण्ड

और उनके दुधमुँहे शिशु
जो कभी ममत्व से भर देते थे मुझे

□□